Analyse de l'œuvre

Par Luke Allerton-Hilton

Kafka sur le rivage

Haruki Murakami

lePetitLittéraire.fr

Analyse de l'œuvre

Par Luke Allerton-Hilton

Kafka sur le rivage

Haruki Murakami

Rendez-vous sur lepetitlitteraire.fr et découvrez :

Plus de 1200 analyses
Claires et synthétiques
Téléchargeables en 30 secondes
À imprimer chez soi

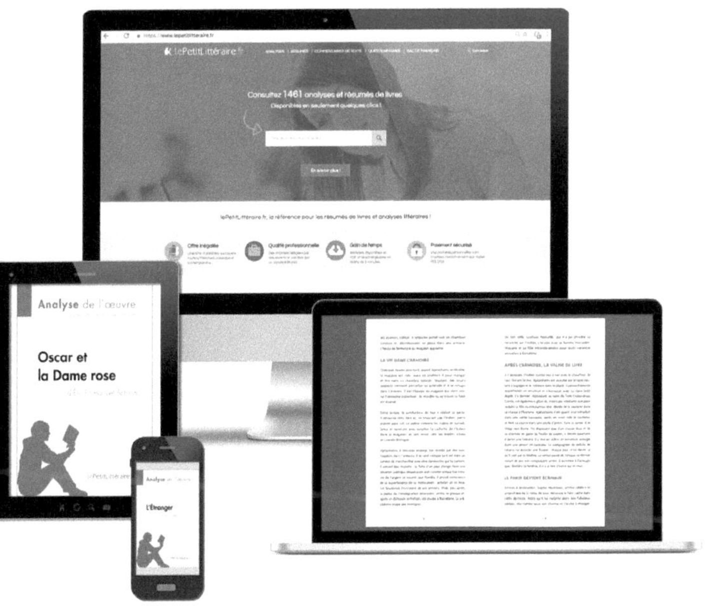

HARUKI MURAKAMI

ÉCRIVAIN JAPONAIS

- **Né à Kyoto, au Japon, en 1949.**
- **Travaux notables :**
  - *Bois norvégien* (1987), roman
  - *Chronique de l'oiseau à remonter* (1994), roman
  - *1Q84* (2009), roman

Haruki Murakami est un écrivain japonais dont les romans mêlent de manière créative la culture populaire japonaise et occidentale, avec des personnages aussi passionnés par les animés et les sushis que par les Beatles et la pizza. Son œuvre a été traduite dans plus de 50 langues et il est l'un des écrivains les plus populaires de l'histoire du Japon, avec une énorme audience internationale. Peut-être redevables au style réaliste de l'écriture romanesque, les romans de Murakami sont souvent mystérieux et magiques, avec des éléments surréalistes et des aspects de la narration délibérément confus ou obscurs.

Son premier roman a été publié en 1987, suivi de 14 autres, ainsi que de nombreux recueils de nouvelles et d'essais. Ses œuvres ont remporté de nombreux prix littéraires et il est souvent l'un des principaux prétendants à la spéculation qui entoure le prix Nobel de littérature chaque année. En plus d'écrire des romans et des essais, il a traduit des œuvres de l'anglais au japonais. Il est également un fanatique de musique et un coureur de fond, et a exploré ce dernier intérêt dans ses mémoires *What I Talk About When I Talk About Running* (2007).

KAFKA SUR LE RIVAGE

A LA RECHERCHE DE CHATS PERDUS

- **Genre :** roman
- **Edition de référence :** Murakami, H. (2005) *Kafka sur le rivage*. Londres : Vintage.
- **1ère édition :** 2002 (japonais), 2005 (anglais)
- **Thèmes :** identité, amour, perte, amitié, musique, destin, réalité, genre, rêves.

Kafka sur le rivage est un roman sur deux protagonistes apparentés et leurs parcours de découverte de soi. Kafka Tamura est un jeune garçon qui s'enfuit de chez son père et de sa vie à Tokyo en raison de la négligence parentale dont il est victime à la maison. Son voyage le mène à travers le pays à la recherche d'un sens à sa vie, ainsi que de sa mère et de sa sœur disparues. Alors que des choses mystérieuses continuent de lui arriver et qu'il est confronté à la difficulté de survivre seul en tant qu'adolescent, il confie sa vie à quelques amis clés. Dans le même quartier que celui où vivaient son père et lui, Satoru Nakata est un vieil homme bien intentionné mais simple d'esprit qui, à la suite d'un accident survenu dans le Japon de la guerre, est incapable de lire ou de réfléchir à quoi que ce soit, mais peut parler aux chats. Il utilise ce talent pour retrouver les animaux domestiques disparus de Tokyo, jusqu'à ce qu'une série d'événements l'amène à entreprendre un voyage similaire à celui de Kafka.

Le roman, comme la plupart des œuvres de Murakami, mêle son amour de la narration surréaliste à son amour de la nourriture et de la musique. Le texte est truffé de références au jazz, à la musique classique et populaire, d'origine japonaise ou occidentale. De même, dans *Kafka sur le rivage*, Murakami parvient à créer un véritable sens du goût et de l'odorat dans ses descriptions de la nourriture et des boissons, ce qui rend les événements perplexes qui se déroulent dans le récit d'autant plus immersifs.

RÉSUMÉ

EN BUS POUR SHIKOKU

Kafka Tamura n'est pas son vrai nom, mais comme les talents et les compétences qu'il a déjà développés à l'âge 15 ans, c'est quelque chose qu'il s'est inventé pour tenter de survivre au voyage qu'il entreprend. Kafka détaille l'équipement qu'il emporte avec lui dans sa tentative de fuir son père négligent, un célèbre sculpteur. Avec son fidèle sac à dos, il se rend à la gare routière, prêt à disparaître, même s'il craint d'attirer l'attention, étant un jeune de 15 ans seul. Dans le bus, il rencontre Sakura, qui semble assez sympathique et lui offre son numéro de téléphone au cas où il voudrait la rencontrer pendant son séjour en ville. Il arrive dans sa nouvelle maison, sans savoir s'il y restera longtemps, et reste une semaine à l'hôtel, allant à la salle de sport et à la bibliothèque la journée. À un moment donné, Kafka se réveille couvert de sang, sans savoir comment il est arrivé là. Il appelle Sakura, qui l'aide à se nettoyer et lui procure une libéra-tion sexuelle bien nécessaire. Mais suite à cette interac-tion, ils se demandent tous deux s'ils ne sont pas frère et sœur.

C'est à la bibliothèque que Kafka rencontre Oshima et Mlle Saeki, grâce à qui il trouve un emploi, un endroit où rester et de la confiance. Oshima sait que Kafka est un fugueur mais promet de l'aider plutôt que de le dénon-cer, et Mlle Saeki est une belle et énigmatique femme âgée qui a connu une grande douleur suite à un deuil.

Kafka va passer quelques jours dans la cabane d'Oshima, où il découvre la majesté et la terreur de la nature. Ils se confient l'un à l'autre : Oshima explique qu'il est biologiquement une femme, mais qu'il n'adhère pas aux normes de genre, et Kafka révèle qu'il croit que sa mère et sa sœur se sont enfuies de chez lui et de son père lorsqu'il avait quatre ans. Ils découvrent que la nuit où Kafka a été mystérieusement ensanglanté, son père a été assassiné à des centaines de kilomètres de là, à Tokyo. Bien que Kafka n'ait pas pu être *physiquement* responsable, ils se demandent s'il n'est pas impliqué d'une manière ou d'une autre. La police se pose également cette question. Elle se rend à la bibliothèque et parle à Oshima, qui nie avoir une quelconque relation avec Kafka.

NAKATA N'EST PAS TRÈS BRILLANT.

Nakata peut parler aux chats. Au début du roman, le lecteur reçoit un certain nombre de rapports militaires décrivant un événement étrange qui s'est produit pendant la Seconde Guerre mondiale au Japon. Une série d'écoliers (dont Nakata) et leur professeur se rendent dans les bois. Ils voient quelque chose qui brille dans le ciel, qu'ils prennent pour un avion et auquel ils ne prêtent aucune attention. Quelques minutes plus tard, les enfants sont tous inconscients sur le sol de la forêt. Seul Nakata ne se réveille pas ce jour-là. Il se réveille trois semaines plus tard, incapable de se souvenir de sa vie avant l'événement, ne sachant ni écrire ni lire et ne connaissant rien d'autre. La seule chose qu'il possède maintenant et qu'il n'avait pas auparavant est la capacité de parler aux chats. Alors qu'il est à la recherche d'un chat appelé Goma, il rencontre et parle avec un certain nombre de chats différents, tous avec des personnalités aussi uniques que les humains. Malgré son étrange capacité, il dit constamment à ceux qui le lui demandent qu'il n'est pas très intelligent.

Il finit par découvrir que Goma est gardé, comme un certain nombre d'autres chats, par un homme portant de longues bottes et un grand chapeau. Ce que l'homme fait avec eux, personne ne le sait, mais ce n'est pas bon. En cherchant Goma, il rencontre un grand chien noir qui lui transmet le message de le suivre (Nakata ne peut pas parler aux chiens) et il le fait, jusqu'à une maison dans une région qu'il ne connaît pas. À l'intérieur se trouve l'homme qui kidnappe les chats, qui se présente comme Johnnie Walker, une icône et une marque de marketing pour un type de whisky. Johnnie Walker révèle à Goma qu'il doit manger le cœur des chats et leur âme afin de construire une flûte, mais qu'il aimerait ne pas avoir à le faire. Il veut mourir. Il demande à Nakata de le tuer, et dit que Goma et les autres seront libres s'il le fait. Malgré sa réticence, le fait de voir Johnnie Walker mutiler et tuer les chats fait naître en lui une mystérieuse colère, et Nakata poignarde Johnnie Walker en plein cœur. Il avoue son crime à un policier, mais celui-ci ne le croit pas. Il révèle également à l'officier qu'il pleuvra du poisson demain. Lorsque, le lendemain, des maquereaux et des sardines tombent du ciel, le policier comprend qu'il a fait une erreur, mais avant qu'ils ne trouvent le corps de la victime, Nakata a déjà quitté Tokyo. La victime du meurtre est un sculpteur renommé et le père d'un enfant disparu, de sorte que l'affaire devient une nouvelle nationale.

KAFKA MIS EN MUSIQUE

Mlle Saeki était autrefois une artiste à succès avec une chanson intitulée « Kafka on the Shore », enregistrée juste avant que l'amour de sa vie ne soit assassiné par erreur. C'est une tragédie dont elle ne se remettra jamais. Kafka Tamura, lui, entend la musique et l'adore. Il reste dans la chambre où Mlle Saeki a écrit la chanson lorsqu'elle était jeune femme et, la nuit, il voit une manifestation de Mlle Saeki sous une forme fantomatique. Il tombe amoureux du fantôme, et plus tard de la vraie Mlle Saeki, tout en pensant qu'elle pourrait être sa mère. Ils font l'amour à plusieurs reprises, malgré leur différence d'âge. Alors que la police intensifie ses opérations de recherche, Oshima dit à Kafka que Mlle Saeki est trop vieille et qu'elle ne devrait pas être impliquée dans une relation avec lui. Il l'emmène dans la cabane pour faire profil bas et donner à Mlle Saeki un peu d'espace.

Alors qu'il se retrouve dans les bois entourant la cabane, il rencontre deux soldats de la Seconde Guerre mondiale qui l'emmènent vers une autre cabane et l'y laissent. Là, un homme s'approche et révèle à l'alter ego de Kafka, connu sous le nom de *Corbeau*, qu'il fabrique des flûtes avec les âmes des chats. Corbeau prend la forme d'un corbeau et tente de l'arrêter en lui crevant les yeux. Dans la cabane, les repas de Kafka sont préparés par la jeune incarnation de Mlle Saeki qui lui est apparue. Elle ne se souvient pas du tout du temps qu'ils ont passé ensemble à Shikoku. Lorsque Mlle Saeki arrive sous la forme qu'elle avait à Shikoku, elle dit à Kafka qu'il doit quitter la région et, bien qu'elle ne veuille pas confirmer qu'elle est sa mère, elle admet avoir abandonné quelqu'un et lui demande pardon. Kafka retourne à la bibliothèque, où il annonce à Oshima qu'il va retourner à Tokyo et à l'école.

LA PIERRE D'ENTRÉE

Après avoir quitté Tokyo, Nakata se dirige vers Shikoku en faisant de l'auto-stop avec des camionneurs, qui sont tous gentils avec lui et lui paient ses repas. Bien qu'il ne sache pas pourquoi il se rend à la prochaine destination, il sait qu'il est important qu'il le fasse. Il prédit qu'il y aura du tonnerre et des éclairs, et même que des sangsues vont tomber du ciel, mettant fin à une bagarre sur une aire d'autoroute. Il rencontre Hoshino, un chauffeur de camion qui accepte de l'accompagner partout où il va. Comme les autres, Hoshino aime Nakata et paie ses repas et les hôtels où ils séjournent en cours de route. Ils finissent par arriver à Takamatsu, où Nakata suggère qu'ils trouvent quelque chose appelé la pierre d'entrée, bien qu'il ne dise pas ce que c'est.

Alors qu'il se promène pendant l'un des longs sommeils de Nakata, Hoshino rencontre le colonel Sanders de KFC, qui lui promet de l'aider à trouver la pierre s'il couche avec une prostituée. Une fois fait, Sanders et Hoshino se rendent dans un sanctuaire shinto et volent la pierre. Bien qu'elle soit lourde, Hoshino est capable de la ramener à Nakata dans un taxi. Lorsque Nakata se réveille, il dit à Hoshino que pour ouvrir l'entrée, la pierre doit être retournée. Elle pèse maintenant beaucoup plus lourd et Hoshino doit déployer toutes ses forces pour y parvenir. Il finit par y arriver. Une fois que la police a presque rattrapé Nakata pour le meurtre du père de Kafka, le colonel Sanders les installe dans un appartement. Ils passent du temps en voiture à décider de ce qu'ils vont faire ensuite. Ils passent devant la bibliothèque, et Nakata décide d'y entrer. Il y retrouver Mlle Saeki, et les deux sentent qu'ils sont liés par leur histoire : l'incapacité de la jeune femme à se débarrasser de ses souvenirs et de ses expériences, et l'incapacité du jeune homme à se construire des souvenirs ou des expériences. Peu de temps après, Mlle Saeki et Nakata sont retrouvés morts. Un chat dit à Hoshino qu'il devra empêcher quelque chose d'entrer dans la pierre, et d'un coup, une créature émerge du corps de Nakata. Il doit à nouveau utiliser toute sa force pour retourner la pierre dans sa position fermée et finit par y parvenir, puis il tue la créature.

Tout comme Kafka quitte Shikoku plein d'optimisme après une série d'événements étranges, Hoshino laisse derrière lui la chambre d'hôtel et la pierre d'entrée, plein d'espoir pour ce que lui réserve l'avenir.

ÉTUDE DE CARACTÈRE

KAFKA TAMURA

Kafka est l'un des deux protagonistes du roman de Murakami, mais le lecteur peut comprendre ses motivations plus que celles de Nakata en raison de leur caractère commun. Ses problèmes sont ceux que peuvent rencontrer de nombreux garçons de 15 ans. Il est obsédé par le destin et la recherche d'un sens à sa vie, il a des croyances au sujet de ses parents qui semblent découler des notions les plus minces, et il ne désire rien d'autre que de s'enfuir pour être libre de vivre sa vie comme il l'entend. Murakami invite le lecteur à comparer Kafka à Œdipe, puisque le propre père de Kafka lui a « maudit » le destin de coucher avec sa mère, ainsi qu'avec sa sœur. Il s'agissait peut-être d'une raillerie de son père, fondée sur les problèmes d'abandon de Kafka, mais lorsqu'il arrive à Shikoku, c'est ce qu'il cherche à faire. Il est anxieux sur le plan sexuel mais trouve un exutoire auprès des deux femmes dont il se persuade qu'elles sont ses parentes. Comme la plupart des jeunes de 15 ans, cependant, lorsque Kafka entreprend son voyage loin de son éducation à Tokyo, il ne sait pas vraiment ce qu'il va faire de lui-même. Il est guidé dans sa naïveté par Oshima, qui agit comme le grand frère que Kafka n'a jamais eu.

Un autre guide que Kafka utilise tout au long du roman est le garçon nommé Corbeau. Bien que la véritable nature de Corbeau ne soit jamais complètement expliquée, il semble être la voix intérieure de Kafka.

Il donne des conseils à Kafka et le réprimande dans ses premières tentatives d'évasion de Tokyo, le guidant vers ce qui pourrait être la bonne ligne de conduite. Corbeau est également le moyen par lequel Kafka explore les côtés plus philosophiques de lui-même : « Parfois, le destin est comme une petite tempête de sable qui ne cesse de changer de direction. Vous changez de direction, mais la tempête de sable vous poursuit » (p. 3). Dans ce cas, Corbeau avertit Kafka qu'il est inutile pour lui de se cacher du destin, car « cette tempête, c'est vous » (*ibid*).

SATORU NAKATA

L'autre protagoniste principal est Nakata, un homme âgé qui, selon ses propres termes, n'est « pas très intelligent ». Lorsqu'il était petit garçon, pendant la Seconde Guerre mondiale, il fut impliqué dans un mystérieux incident au cours duquel il s'évanouit dans les bois et ne reprit conscience qu'après trois semaines. Pendant cette période, son esprit se vida et il devint un garçon très amical, mais pas très doué pour les études. Malgré son handicap, Nakata est le personnage de *Kafka on the Shore le* plus heureux. Il aime sa vie et son travail qui consiste à parler aux chats perdus et à leur rendre leur maison. Avant cela, il travailla avec bonheur comme charpentier pendant 30 ans. Bien qu'il ne sache ni lire ni écrire, il trouve son bonheur dans ses routines, comme aller se faire couper les cheveux une fois par mois.

Les gens le trouvent instantanément agréable et il est capable d'utiliser cette qualité (bien que non consciemment) afin de faire son pèlerinage jusqu'à l'autre bout du Japon, en comptant sur la gentillesse et l'aide d'une série de camionneurs jusqu'à ce qu'il trouve Hoshino, son compagnon jusqu'à la fin. Une interprétation possible de sa capacité à parler avec les chats est qu'il est capable d'empathie et de compassion ; il parle aux chats et les aide, et converse avec eux parce qu'il ne les juge pas. Bien qu'il ait l'impression d'avoir été utilisé par Johnnie Walker pour commettre un meurtre, il se sent rarement exploité. Comme par magie, il est capable d'éviter les situations dangereuses. Lorsqu'un gang tourne son attention vers lui et se moque de lui, « ils n'ont pas ri longtemps » (p. 208), car Nakata est inconsciemment capable de faire pleuvoir des sangsues du ciel. Vers la fin du roman, il commence à se rendre compte qu'il lui manque quelque chose, que son ombre n'est qu'à moitié complète comme celle des autres.

OSHIMA

Oshima travaille assidûment à la bibliothèque et se lie d'amitié avec Kafka alors qu'il est dans le besoin. Il reconnaît les problèmes de Kafka et, plutôt que de le dénoncer à la police, il prend un risque personnel en le laissant rester à la bibliothèque et dans sa propre cabine. Ce risque personnel est doublé lorsqu'il ment ensuite à la police sur le fait d'avoir vu Kafka. Bien qu'Oshima puisse être franc, il le fait généralement par amitié pour Kafka ou Mlle Saeki : il ne les juge pas pour leur relation sexuelle (malgré l'énorme différence d'âge), mais demande seulement à Kafka d'y mettre fin pour le bien de Mlle Saeki.

En plus de son attitude attentionnée et concentrée, Oshima est le moyen pour Murakami d'explorer la réalité à travers le prisme de l'identité sexuelle. Bien qu'il semble être un homme et que Kafka suppose d'abord qu'il est de sexe masculin, il révèle plus tard dans le roman qu'il est en fait une femme biologique, bien qu'il utilise des pronoms masculins et sorte avec des hommes. Il se décrit lui-même comme « une femme homosexuelle, endommagée, sans espoir » (p. 220), mais la façon dont il ne permet pas que cela définisse son identité empêche quiconque de supposer qu'il est aussi endommagé qu'il le dit.

HOSHINO

Hoshino est un type ordinaire, un chauffeur de camion qui aime les chemises flamboyantes et le baseball. C'est le personnage *le plus ordinaire* du roman, quelqu'un auquel beaucoup de gens peuvent s'identifier. Au début, il ne s'intéresse qu'en passant à Nakata parce qu'il lui rappelle son grand-père, mais leur lien se développe au point qu'il jure de rester avec Nakata aussi longtemps qu'il vivra. Bien qu'il ne s'y attende pas lui-même, en tant que fainéant autoproclamé, son dévouement à la mission souvent absurde de Nakata illustre l'empathie dont il est capable.

Lorsque Nakata commence à se rendre compte qu'il est « vide », Hoshino fait de même. Il se sent mal parce qu'il pense que la vie qu'il a vécu l'a laissé ainsi, alors que Nakata s'est vidé lors d'un accident. De tous les personnages du roman, c'est Hoshino qui connaît la plus grande évolution personnelle. Il se rend compte que la vie qu'il menait détruisait son âme, et il trouve satisfaction et réconfort dans sa relation avec Nakata, puis dans sa nouvelle passion pour la musique classique et la lecture.

MLLE SAEKI

Mlle Saeki est coincée dans son passé. À un jeune âge, elle a perdu l'amour de sa vie dans un meurtre horrible et ne s'est jamais remise de la douleur qu'il a causé. Bien qu'elle s'occupe de la bibliothèque et qu'elle ait un jour sorti une chanson à succès, elle ne dépasse jamais la maturité émotionnelle qu'elle avait dans sa jeunesse et reste mélancolique tout au long du roman. Convaincue qu'elle aussi a perdu quelque chose d'inné en elle, elle s'occupe à écrire des livres sur la foudre et mène une vie tranquille.

L'apparition de Kafka et l'attirance sexuelle qu'il éprouve pour elle lui offrent la possibilité de raviver son amour de jeunesse. Cependant, c'est l'apparition du fantôme de Kafka, âgé de 20 ans, qui est la plus révélatrice de son caractère. Le fait qu'elle ait un fantôme tout en étant encore en vie suggère que sa véritable mort a déjà eu lieu, que ce qui faisait d'elle ce qu'elle était est perdu à jamais. Elle dit souvent à Kafka et à Oshima qu'elle ne meurt pas, mais qu'elle attend simplement de mourir. Murakami semble suggérer qu'elle est déjà morte, et que son corps attend simplement de la rattraper.

AMOUR ET RELATIONS

Kafka on the Shore traite de nombreux types d'amour différents. Il y a l'amour que Mlle Saeki avait pour son petit ami assassiné Komura, qui semble pur et éternel, mais qui est finalement la cause de la fin de sa vie affective. De même, le coup de foudre de Kafka pour Mlle Saeki évoque les engouements d'adolescents que connaissent la plupart des gens au cours de leur adolescence. Leur expérience amoureuse commune est d'abord positive, car elle donne un sens à Kafka et permet à Mlle Saeki de raviver le souvenir de son petit ami, mais ce n'est finalement pas le genre d'amour que ces personnages étaient censés vivre. Dans les derniers chapitres, dans la cabane surréaliste dans les bois, Kafka rencontre Mlle Saeki, récemment décédée, qui l'encourage à retourner dans le monde réel, plutôt que de rester avec elle dans sa jeunesse perpétuelle. Elle lui dit : « C'est ce que *je* veux. Que tu sois là-bas » (p. 474). Elle est plus une mère pour Kafka qu'une amante, et cette dernière interaction entre eux cimente ce type d'amour comme étant différent de celui que Kafka avait initialement imaginé. Elle veut ce qu'il y a de mieux pour lui. Même si elle n'est pas sa vraie mère, elle ne veut pas qu'il reste dans une jeunesse perpétuelle comme elle l'a été. Elle veut qu'il aille de l'avant et qu'il fasse l'expérience du reste de ce que le monde a à offrir. De même, Kafka confond les sentiments romantiques pour Sakura avec l'amour partagé entre frères et sœurs, et finit par s'en rendre compte en l'appelant « sœur »

(p. 504). Comme c'est le cas pour de nombreux aspects du roman, la première apparence des choses peut être source de confusion. C'est en creusant en lui-même et en l'amour de ceux qui l'entourent que Kafka est capable de réaliser la vérité.

La relation entre Hoshino et Nakata reflète celle de Kafka et de Mlle Saeki dans la mesure où elle commence comme une affaire de famille, Hoshino voyant des similitudes entre Nakata et son grand-père bien-aimé. Cependant, comme pour Kafka, il se rend vite compte que son lien avec Nakata est plus qu'une simple ressemblance avec un être cher, et Nakata devient rapidement un objet d'admiration et d'affection. Leur amitié s'épanouit, peut-être parce qu'ils ont tellement besoin l'un de l'autre. Nakata s'appuie sur Hoshino pour les tâches pratiques, et Hoshino s'appuie sur Nakata pour les tâches peu pratiques. Nakata lui montre qu'il y a un monde à sa porte qu'il n'a jamais pu ou voulu explorer. Son amour pour Nakata l'amène à changer des choses sur lui-même qu'il aurait autrement ignorées. Il devient plus fort, plus déterminé et plus ouvert d'esprit. Il finit par entreprendre une tâche physique difficile et déclare qu'il le fait « pour M. Nakata » (p. 487).

RÉALITÉ ET RÊVES

Murakami joue énormément avec les idées entourant la réalité dans *Kafka sur le rivage*. Le roman s'ouvre sur un événement inhabituel qui déconcerte à la fois les militaires, les victimes et les scientifiques, mais qui, par les dommages qu'il cause à Nakata, a un effet réel et durable. Joy Meads écrit que «des choses étranges se produisent dans *Kafka on the Shore* et on ne sait pas toujours très bien pourquoi. Comme l'imagerie dense et sombre de la chanson de Mlle Saeki, le roman est plein d'images et d'événements qui résonnent viscéralement mais résistent à toute explication logique» (Meads, 2018). Le raisonnement derrière les événements semble être une chose à laquelle Murakami n'accorde pas tant de crédit que cela. Ses personnages acceptent simplement que certaines choses leur arrivent et que ces choses sont tout à fait possibles. Kafka est couvert de sang la nuit où son père est assassiné, et même s'il est loin de la scène du crime, il pense qu'il en est peut-être responsable. Nakata peut parler aux chats, et quand il le dit aux gens, ils ne font que hocher la tête. Les choses qui ne devraient se produire que dans les rêves sont considérées non seulement comme acceptables, mais comme quelque chose de tangible en soi: «la ligne de démarcation entre les deux a commencé à vaciller, à s'estomper» (p. 290), dit Kafka à propos du fantôme et de la vivante Mlle Saeki. Le fait que l'un défie toute logique n'est pas quelque chose qui le dérange, mais plutôt quelque chose pour lequel il s'efforce de trouver une nouvelle explication.

Le rêve et la réalité sont des thèmes récurrents dans le roman. Murakami utilise le personnage d'Oshima pour amener le lecteur à s'interroger sur la réalité du genre. Oshima est une personne d'apparence parfaitement moyenne à l'extérieur, mais en dessous, sa réalité est très différente de celle des gens qui l'entourent. Murakami demande au lecteur de regarder au-delà de la surface et de chercher ce qui se passe dans les endroits où personne ne regarde habituellement. De même, le père de Kafka (spécialisé dans le travail sur le subconscient) est potentiellement tué par Kafka, même si nous savons que ce qui se passe réellement est que Nakata tue Johnnie Walker. Le surréalisme des événements suit la logique des rêves, mais les personnages acceptent tous d'un signe de tête que les choses se passent comme elles le font.

Murakami laisse entendre qu'au Japon, la réalité est sujette à caution : « Dieu a toujours été une sorte de concept flexible [...] Si vous pensez que Dieu est là, il l'est. Si vous ne le pensez pas, il n'est pas là » (p. 308). Bien qu'il suggère que c'est vrai « surtout au Japon » (*ibid.*), le lecteur apprend au cours du roman à considérer chaque événement qui passe comme une énigme sans réponse. Comme s'il enseignait une nouvelle façon de penser la littérature et la logique narrative, *Kafka sur le rivage* invite à de nombreuses interprétations, et tout comme la façon dont les personnages interprètent les événements qui se déroulent autour d'eux, l'étrange et le macabre ne sont pas nécessairement incorrects. En tant que lecteurs, le roman de Murakami nous demande de lire un peu différemment, de suspendre notre incrédulité à l'égard de la réalité afin d'arriver à un endroit où le reste des thèmes du roman peuvent s'assembler de manière cohérente.

DESTINÉE

Le destin est l'une des principales forces motrices du roman pour la plupart des personnages. La prophétie que lui a donné son père pousse Kafka vers Oshima et Mlle Saeki, et le pousse à accomplir sa malédiction œdipienne.

Mlle Saeki pense que son destin a été scellé lorsque son petit ami est mort des décennies auparavant, et refuse de continuer à vivre à cause de cela. Elle pense que son destin est de souffrir. Et Nakata, qu'il en soit conscient ou non, joue un rôle guidé par le destin, rencontrant Hoshino et accomplissant tâche après tâche parce qu'il croit devoir le faire, tout ça à cause d'un accident qui *lui est arrivé* un jour fatidique. Sous l'emprise de cette force puissante et invisible, chacun des personnages se trouve poussé vers toujours plus de danger ou de malheur.

Kafka refuse de croire la vérité sur lui-même, préférant s'en remettre au destin pour prendre les décisions à sa place : « Fort et indépendant ? Je ne suis ni l'un ni l'autre. Je suis simplement poussé par la réalité, que je le veuille ou non » (p. 268). Cette fausse croyance qu'il n'est pas un agent du libre arbitre, et que la réalité, bien que certaine-ment flexible, est inébranlable dans ses plans, le conduit à un point de sa vie où il se bat intérieurement. Bien que Mlle Saeki refuse de dire à Kafka qu'elle est sa mère, et qu'elle fournisse de bonnes preuves du contraire, Kafka y croit de tout cœur, comme il le fait avec Sakura, qui n'est pas sa sœur mais juste une amie proche rencontrée par hasard dans un bus. Ce qui étouffe le plus Kafka, c'est son incapacité à croire aux accidents, malgré leur importance dans sa vie et dans celle de ceux qu'il aime.

En définitive, Hoshino apporte au roman ce qui pourrait bien être le message primordial de Murakami sur le des-tin. Malgré les choses qui l'ont abattu et le fait qu'il vivait une vie sans que rien d'intéressant ne lui arrive, il croit en la promesse de l'avenir :

« Pourtant, tu sais, des choses intéressantes arrivent dans la vie – comme avec nous maintenant. Je ne sais pas trop pourquoi. Mon grand-père avait l'habitude de dire que les choses ne se passent jamais comme on le pense, mais c'est ce qui rend la vie intéressante, et c'est logique. » (p. 329)

Hoshino commence à croire que les choses qui lui sont arrivées dans le passé ne doivent pas dicter ce qui lui arrivera dans le futur. Il suggère que la vie est un parcours intéressant lorsque vous laissez vous arriver des choses auxquelles vous ne vous attendez pas. Contrairement à Kafka, qui semble voir dans chaque événement qui lui arrive une prophétie, ou quelque chose doté d'une grande signification, Hoshino reconnaît que parfois les choses arrivent simplement. Tout comme la réalité, le destin est quelque chose de changeant qui ne peut être compris de manière logique.

RÉFLEXION COMPLÉMENTAIRE

QUELQUES QUESTIONS À MÉDITER...

- Pensez-vous que Mlle Saeki était la mère de Kafka? Expliquez votre réponse.
- Pourquoi pensez-vous que Murakami a utilisé des marques commerciales comme KFC et Johnnie Walker pour créer certains de ses personnages?
- Pourquoi pensez-vous que Nakata et Mlle Saeki meurent tous les deux après s'être rencontrés?
- Où pensez-vous qu'est la cabane dans laquelle Kafka est emmené par les soldats et quelle est-elle ?
- Pourquoi Murakami laisse-t-il Nakata, et plus tard Hoshino, parler aux chats?
- Pensez-vous que les énigmes ouvertes employées par le récit de Murakami sont un moyen efficace de créer du sens, ou rendent-elles la tâche plus difficile?
- Pourquoi Kafka retourne-t-il à Tokyo à la fin plutôt que de rester où il est?
- À votre avis, pourquoi Murakami a-t-il fait choisir à son personnage le nom de « Kafka »?

AUTRES LECTURES

EDITION DE RÉFÉRENCE

- Murakami, H. (2005) *Kafka on the Shore*. Londres : Vintage.

ÉTUDES DE RÉFÉRENCE

- Meads, J. (2018) Into the Labyrinth : la logique du rêve de Kafka sur le rivage. Steppenwolf. [En ligne]. [Consulté le 15 février 2019]. Disponible sur : < https://www.steppenwolf.org/articles/into-the-labyrinth-the-dream-logic-of-kafka-on-the-shore/>.

lePetitLittéraire.fr

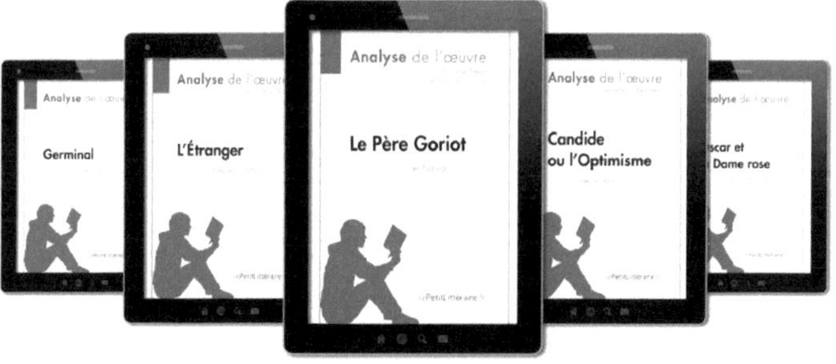

- des analyses de livres
- des fiches de lectures
- des commentaires littéraires
- des questionnaires de lecture
- des résumés

**Retrouvez
notre offre complète sur
lePetitLittéraire.fr**

L'éditeur veille à la fiabilité des informations publiées,
 lesquelles ne pourraient toutefois engager sa responsabilité.

www.lepetitlitteraire.fr

ISBN version numérique : 9782808684170
ISBN version papier : 9782808684972
Dépôt légal : D/2023/12603/997

Conception numérique : Primento,
le partenaire numérique des éditeurs.